GSCHEIDS OND DOMMS

Schwäbische Sprüche
geklopft von Wulf Wager

Mit Illustrationen
von Alexander Linke

Silberburg-Verlag

Impressum

2. Auflage 2017

Produktion & Gestaltung:
WAGER Kommunikation GmbH, Altenriet.
Umschlaggestaltung: Alexander Linke.
Satz: Joachim Höld.
Druck: CPI books, Leck.
Printed in Germany.

ISBN: 978-3-8425-1282-5

Inhalt

Eileitong

Tiefgründig, knitz, hinterfotzig, witzig und aus einem reichen Erfahrungsschatz schöpfend sind die »ländlichen Aphorismen« in diesem Büchle, die die schwäbische Seele in so pointierter Weise widerspiegeln. Das Schwäbische bietet in seiner Klangvielfalt viel breitere und trefflichere Ausrucksmöglichkeiten als die Schriftsprache. In die feinsten Gefühlsregionen und die gröbsten Aufwallungen von Zorn führen uns die Bilder, die aus diesen Weisheiten steigen.

Viele der Sprüche sind vergessen, weil sie einer vergangenen bäuerlichen Arbeitswelt entstammen, deren Tätigkeiten und Zusammenhänge uns heute fremd sind. Aber andere sind noch vielfältig in Gebrauch. Auf dem Land mehr, in der Stadt weniger. Und noch heute treffen »Sprüchmacher« in entsprechenden Kreisen auf höchst interessierte Ohren. Treffsicherheit, Anschaulichkeit und hintergründiger Witz kennzeichnen dieses zur Weisheit verdichtete Sprach- und Kulturgut. Es gehört zu den schwäbischen Eigenschaften, wortknapp zu sein, aber in dieser Wortkargheit viel ausdrücken zu können.

Nach dem »Schwäbischen Spruchbeutel« und dem »Schwäbischen Trinkspruchbeutel« ist »Gscheits ond Domms« das dritte Büchle mit schwäbischen Spruchweisheiten. Ich habe die Sprüche über Jahre gesammelt, wo immer ich ein solches Kleinod schwäbischer Weisheit aufgeschnappt habe. So, wie ich sie gehört habe, gebe ich sie wieder. Deshalb kann der gleiche Spruch in einer anderen Gegend etwas anders klingen.

Der junge Zeichner Alexander Linke hat in vortrefflicher Weise dieses Büchle illustriert. Wir haben uns für das Schaf als landschaftsprägendes Tier der Schwäbischen Alb entschieden und damit die Sprüche in Bilder umgesetzt.

Viel Vrgnüga mit dem Büchle wenscht

Wulf Wager
Sommer 2013

Gscheids ond Domms

Gscheids ond Domms

Bloß de Domme moinat, de Gscheide wissat älles.

**Der moint au, er sei dr
Peterleng auf ällna Suppa!**

(Er ist ein Hans Dampf in allen Gassen.)

Ois isch gwieß: An Acker isch koi Wies!

Schlecht gsessa isch besser wia guad gschdanda!

’s isch koiner so domm,
es lauft emmer no en Dümmerer rom.

**Wenn mei Tante a Spitzle hätt,
no wär’s mei Onkl.**

Oimol em Johr isch au em kloinschta Ort Kirbe.

(Man soll niemals nie sagen.)

Des isch schau so lang her, do isch dr
Hauptmann von Kapernaum no G’freiter gwäa.

**Hoppla, des Schiff goht nore.
I glaub, es wagglet schau!**

(Wenn ein Begriffsstutziger beginnt zu verstehen.)

Handlang g'handelt isch armlang gschafft.

(Schwäbisches Maximierungsprinzip.)

Der isch z' domm zom zeah heniche Gees ema ei'gmachta Garta zom hiata.

Do hot 's Fiedle 's bronza glernt.

(Diarrhoe.)

VIEL TROPFA GÄHND AU EN BACH.

(Kleinvieh macht auch Mist.)

Du bisch a Kerle wia em Herrgott sei Gaul ond sollsch obedengt Zuckerbäck lerna, weil do kannsch dein Ausschuss selber essa.

WAS NÜTZT DIA SCHENSCHT SCHISSL, WENN NIX DRENN ISCH.

Der isch so gscheit wia dr Schultes vo Strümpfelbach: Der hot durch a Brett gucka kenna, wenn 's a Loch ghet hot.

Des interessiert me so wenig
wia d' Krabba da Sonndich!

Wenn 's Glück will, geit dr Bock Mill.

**An Schnaps ond en d' Hosa gschissa
geit et lang warm.**

Des gschieht meim Vaddr grad recht,
wenn mi 's an d' Händ friert. Warom
kauft er mir au koine Händschich.

Kopf hoch, wenn dr Hals au dreckich isch.

's Glück isch a Rendvieh ond sucht seinesgleicha.

**Woischt, i ben scho mit viel Wasser
gwascha worde, bloß no mit koim saubera.**

So, hosch deine Auga von enna a'guckt?

(Nach einem Nickerchen.)

Gscheids ond Domms

Des isch 's Wasser en Bach neitraga.

(Das ist völlig unnötig.)

Dia reachte Leit sagat nix ibr oin, ond von dr andera Sort isch mr net gschempft.

*'s isch no koi Not am Fiedle,
solang 's Hemmad net brennt.*

(Es ist doch nicht so schlimm.)

Do muass mr halt da Schurz waggla lao.

(Jetzt gilt's.)

's isch nemme dees, wenn d' Eula bockat.

Bei dir hoißt 's au: Studiert bis an Hals na, ond dr Kopf isch a Rendviech blieba.

Wenn dia zom Tierarzt goht ond sich bescheiniga lässt, dass se a Rossfiedla hot, no derf se uf d' Stroß scheißa.

(Über eine Frau mit einem starken Gesäß.)

Mit bucka ond drucka kommt mr durch ällne Lucka.

(Wenn man sich anstrengt, dann schafft man es auch.)

**Wenn Dommheit a Fahrrädle wär,
miaßt mr bergauf no migga.**

*Dui leit ens Bett,
bis d' Kuah an Batza geit.*

(Sie ist keine Frühaufsteherin.)

DUI SIEHT AUS WIA A
VRLOFFENER BACKSTOIKÄS!

(Sie hat eine unförmige Figur.)

Dia sieht von vorna aus wia
a Elfe ond von henda wia
drei viertel zwelfe!

**Wega oim dürra Ascht
haut ma an Boom net om.**

(Immer auf die Relation achten.)

GELD HAN OND KOIN DURSCHT HAN
ISCH NET SCHLEMM. ABER DURSCHT HAN
ON KOI GELD HAN, DESCHT SCHLEMM!

Dui schwätzt em Deifl
's Aohraläpple weg.

Gscheids ond Domms

**Wenn a Aug net seha will,
hilft koi Liacht ond koi Brill.**

*Wemmr no xond ischt ond Schuah hot,
dass mr dr Arbet drvolaufa ka.*

Wa ma it lupfa ka, soll ma liega lau.

Wer gern danzt, dem isch guad aufspiela.

Do hilft älles Beta nix, do ghairt Mischt na!

Was schö ischt, brauchscht et lang putza.

(Eine ansehnliche Frau braucht wenig Kosmetik.)

**Wenn älle dädat, was se mi kenntat,
käm i 's ganz Johr net zom sitza.**

Zur Haozich ganga ond nix schenka
isch wia wenn oinr bronza goht
ond koin Furz lässt.

Da Herrgott em Herza
ond 's Schätzle em Arm.
Des oine macht selich,
des andre macht warm.

Gschwätzt muaß sei.
Wenn 's Maul net labret, schwätzt 's Fiedle.

Do isch dr Märkt vrdloffa!

(Es ist definitiv vorbei.)

Do miaßat Gärtner komma, koine Setzleng!

(Du bist der Sache nicht gewachsen.)

Hendrschefür isch au g'fahra.

(Es gibt immer zwei Wege, aber einer ist der bessere.)

Dr oi hebt ond dr andr loht et fahra!

(Eine verzwickte Situation.)

A manch's wird besser pfiffa als gsait.

WO 'S NET BRENNT, G'HERT NET G'LÖSCHT.

Dr Hemml isch blau,
au wenn d' Maulwürf blend send!

(Tatsache bleibt Tatsache.)

**Liabr en Sechser em Lotto
wia en Achter em Fahrrad.**

Mir isch gleich, ob e leer lauf oder nix trag.

LUSTIGE LEUT MACHAT MAIH
DOMMHEITA WIA TRAURIGE,
ABER DAFÜR SCHÖNERE.

Morga isch au no en Dag zom Nexdoa.

No et hudla. Ma ka et schnell gnuag langsam doa.

MIT DEAM MESSR SCHNEIDSCHD
'S KALT WASSER BIS UF DA GROND.

(Das Messer ist stumpf.)

's Leaba isch koa Schlotzer.

's isch arg ond doch net gschwolla.

(Glück im Unglück.)

's wird scho so sei solla, sonscht wär 's net so.

(Alles hat seine Richtigkeit.)

Wenn 's Glück regnet, standat mr ondr, ond wenn 's Brei regnet, hend mr koin Leffl.

**Ma ka et gleichzeitig Kraut hacka,
scheißa ond ’s Blatz zom Bäcka tra’!**

Solang mr sengt, isch d’ Kirch net aus!

(Es besteht noch Hoffnung.)

JEDER HOT EN BRAND AM ARSCH.
GLIMMT ’R NET, NO GLOSCHTET ’R.

(Keiner ist ohne Fehler.)

*Dia kenntscht an d’ Wand schmeißa.
Dia dät no froga, wo’s bocklat!*

(Eine sehr dumme Frau.)

’s goht halt bloß bröckelesweis.

(Alles dauert seine Zeit.)

**Koiner suacht andere hendrm Ofa,
wennr net scho selber dort g’hockt ischt.**

*’s goht älles! Sogar a Wagarad –
wemmr’s mit Karrasalb schmiert.*

**Wiascht gflickt isch besser
wia a schees Loch.**

Kleckaret ischt au gschissa, bloß et uf an Haufa.

**Wenn d' Dommheit klei macht,
no kasch du ondr'm Teppich Stelza laufa.**

Kleine Häfala laufat bald über.

(Wenn einer überfordert ist.)

Wer oimol en d' Hos gschissa hot,
muaß äwl stenka!

(Der Fluch der bösen Tat.)

Kennt mr jedes Deng zwoimol macha,
ständ 's besser om älle Sacha.

Dopplat gnäht hebt besser.

**Wenn Dommheit schnell macha dät,
no miaßtescht du da Zoller nuf bremsa.**

Langsam doa kunnt au hoam, abr a Stond später.

Worom soll i uf dem sei Beerdigong ganga? Der goht ja au et auf de mei.

Wenn dr Neid wia 's Feuer brenna dät,
wär 's Holz net so teuer.

Ma ka halt it älle Berg eba macha.

(Einsicht in die Notwendigkeit.)

Wer d' Stiega feaga will,
muaß oba a'fanga.

(Der Fisch stinkt vom Kopf her.)

Wo oi Latt waggelt,
wagglet moischt no meh.

'S ISCH NIA FRIEHER WIA AM MORGA.

Es stoht Dreck em Kalender!

(Es steht schlimm.)

O Herr, warom benn ao i bloß so reacht?

'S MENSCHELET IBRALL, SOGAR EM HEMML.

Gscheidr wia de andere

Dr Rotz am Bagga,
aber 's Mensch em Arm.

(Er ist frühpubertierend.)

Der will au mit de grauße Hond bronza ganga,
ko aber da Fuaß it lupfa.

Der duat grad, wia wennr da
Ölberg noregschoba hätt.

(Das ist ein rechter Angeber.)

's Geld ka kaputtganga,
aber des, was mr glernt hot, net.

(Belehrung für einen Lehrbuben.)

Dem sei Nos hockt au bloß
mittla em Gsicht.

Wenn der Bauer net schwemma ka,
isch halt sei Badhos schuld.

(Es findet sich immer ein anderer,
dem man die Schuld geben kann.)

**Dreimol a'gsägat ond
äwwl no z' kurz.**

Gscheidr wia de andere

Mir sparat an ällem, koschte es, was es wolle.

Dui moin au, se häb Milch em Hafa,
's scheint aber bloß dr Mond drenei!

Ben i vorna, isch 's henda nex,
ben i henda, isch 's vorna nex.
Wo i ben, isch 's nex, ond ibrall ka i net sei.

Mit de Domme treibt ma d' Welt om.

Domm derf mr sei, abr net dabbich!

A Schwob kommt erscht, wenn scho gschafft, aber no net g'veschpret ischt.

Gega Dommheit isch koi
Kräutle gwachsa ond wemmr
de ganz Apothek ausfrisst.

A domme Gosch isch schnell uff ond zua.

Wenn bei jedera Lug sich en Boom biega dät, no dät dr Wald bald bucklig dostanda.

Gscheidr wia de andere

Ihr brennat jo a Loch en da Dag!

(Wenn tagsüber ein Licht brennt.)

WENN 'S NO A WEILE SO WEITERGOHT,
GOHT'S EMA WEILE NEMME SO WEITER.

No stohsch do mit deine a'gsägte Hosa
em kurza Hemmad.

(Dann wirst du ganz schön blamiert sein.)

Vom Erba kriagt mr
koine Blosa an d' Händ.

Zo dritt schaffa, zo zwoit schlofa
ond alloi erba!

Oiner woiß nia älles,
sonscht brücht mr jo koin Rot!

DUI HÄLT UICH ZOM NARRA,
WIA D' KUAH DR HOMMEL.

Ma sott et fliega,
wemmr koine Feadra hat.

Gscheidr wia de andere

Wenn der aus Vrseha a Mugg schluckt,
hot 'r meh Hirn em Bauch wia em Kopf.

's geit Sotte ond Sotte.
Ben i froh, dass i oinr vo de Sotte be.

Au en rondr Disch hot seine Kanta.

WENN D' SONN TIAF STOHT,
WERFAT AU ZWERG LANGE SCHATTA.

Ema Zuagucker isch koi Arbet z' viel.

A guad's Gwissa kommt bloß
vom schlechta Gedächtnis.

AUS ANDER LEUT HAUT ISCH
GUAD RIEMA SCHNEIDA.

Der isch wia a Furz en dr Latern.
Der leuchtet kurz uf ond no stenkt 'r.

Wer en Nagel bis an Kopf neischlägt, ka koin Huat meh dra ufhänga.

(Beim Arbeiten immer nachdenken.)

Gscheidr wia de andere

Desmol glaub i dr 's no, aber 's näggschd Mol liagsch me nemme so a.

Do hot mei Vaddr gmickt, do mick i au, ond wenn 's da Berg nufgoht.

Mit volle Hosa isch guad schdenka!

Der macht Schritt wia a Bettelma zur Kirbe!

(Er macht große Schritte.)

GSCHEIT'R, MR DENKT ÄLLES, WAS MA SAIT, ALS MA SAIT ÄLLES, WAS MA DENKT!

I be eigentlich ganz andersch, aber i komm so selta drzua.

Ma sott et haiher scheißa, als oim dr Arsch nufflangt.

I BEN NET WIA ANDERE. I BEN SCHLEMMER.

**Oh, wenn no älle
wärat, wia i sei sott!**

Gscheidr wia de andere

Sieba Johr hend se 's Michele mit mir trieba, aber i han's glei gmerkt.

Ma spannt da Waga net vor da Ochsa.

Wenn i geschtern gwisst hätt, was i heut woiß, miaßd i morga net doa, was i friher schon et gern doa han.

Überlada brengt Schada.

Selber denka macht gscheit.

No koin Domma an d' Deichsel.

(Lass mich mal ran.)

Ma ka koin Furz uf a Brett nagla.

(Das lässt sich nicht verzwingen.)

Emmr schee roifla, aber nia saua.

(Eile mit Weile.)

**Der dät am liabschta
Zaunpfähl melka.**

Ma ka 's Säckle au zubenda,
wenn's no net voll isch.

(Manchmal ist Mäßigung besser.)

**Je öfter dei Grend en dr Zeitong kommt,
desto öfter putzat d' Leit da Arsch mit dir ab.**

Liebr hälenge gscheit
wia oheimlich domm.

Lompa hemmr grad gnuag,
aber dronter viel z' viel Fetza.

**Manch oiner kommt zu ällem Möglicha,
bloß et zu sich selbr.**

Was dia da ganze Dag schafft,
schaffat manche beim Zwölfeschlaa.

(Ein stinkfaules Exemplar der weiblichen Gattung.)

Wer nix g'lernt hot, ka au nix vergessa.

Gscheidr wia de andere

Der brengt oi Oi ond will zwoi.

Mit ma Löffl Honig
fangt ma meh Mugga als mit ma
Fass voll Essig.

Mit ander Leut Fiedla
isch guat durch 's Feuer rutscha.

Ma muass heua, wenn d' Sonn scheint.

(Ergreife die Gelegenheit, wenn sie sich bietet.)

Wer selbr goht, muaß et g'schoba
ond au net zoga werda.

(Jeder ist seines Glückes Schmied.)

Wenn der d' Gosch uffmacht,
isch scho glooga.

Besser bäurisch gfahra
wia herrisch gloffa.

Gscheidr wia de andere

Mr muaß viel lerna, bis mr woiß, wia domm dass mr ischt.

Der woiß, wo d' Katz en Doig langt.

(Er ist verschlagen.)

WAS DE ET BIEGA KASCHT,
SODSCHD AU ET BRECHA.

Essa ond trenka

Iss, dass de was wirsch, nix bisch scho lang!

Mit dr Gabel isch a Ehr,
mit em Löffel kriagt mr mehr!

Wenn der Beck a Schuaschdr wär,
wärat älle Schuah z' kloi.

Wenn i gwisst hätt,
dass Wasser so guad schmeckt,
hätt i mei Häusle no.

(Einer, der Haus und Hof versoffen hat.)

Mr ka älles essa, sogar kloine Stoila.
Hauptsach', se send woichkocht.

Dreneifahra wia d' Gaas uf en Äpfelbutza.

(Sich gierig auf etwas stürzen.)

Jetzt erscht mol richtig essa ond trenka,
gschafft isch no glei.

Bei dem Floisch wird
d' Kachel vorher woich.

Jetzt kenned mr 's aushalta mit deane, mo no nex ghet hend!

(Nach einem reichlichen Essen.)

A alte Jongfer ond a alte Gans bleibat zäh, ob ma's siedet odr brät.

Wemmr onsern Vaddr net häddad, miaßtat mir a Sau halda.

Do sottescht en Hals han wia a Rechastiel.

(Bei einem besonders guten Tropfen.)

Lass mi meine Kiachla en deim Schmalz bacha, no derfsch du dein Speck en meim Kraut kocha.

(Schwäbischer Heiratsantrag 1)

MOISCHT, D' MAGSCHT MOOSCHT? MOISCHT, NO MAGSCHT AU MI?

(Schwäbischer Heiratsantrag 2)

Kocha isch koi Konscht –
essa muaß mr könna.

Grombiera mit Liab ischt besser
wia Brota mit Zänk.

Gessa wär. Wenn no au scho gschafft wär.

Mei Muadr isch a reinlich's Weib,
hot Doig am Schurz, dass Spätzla geit.

Oin Dag guat glebt, denkt oim lang.
Vier Wocha nex ghet, denket oim länger.

A Riahle isch besser als a Briahle.

(Ein kurzer Schlaf kräftigt besser als eine Suppe.)

Wer trotzt mit dr Schissl, der spiarts am Riassl.

Oh, wenn no dr Buggl au Bauch wär!

(Oh, wenn ich doch noch mehr essen könnte.)

Guat bissa ischt halb gschissa.

Wemmr da Koch et mog,
schmeckt die bescht Supp' net.

Spätzla ohne Soß send wia a Ma ohne Hos.

**Wer 's glaubt, wird selig,
ond wer bächt, wird mehlig.**

DER ISCH KNITZ WIA A DOIGIGE BIIR.

(Unnütz wie eine matschige Birne.)

Au dünne Spätzla machat en broida Arsch.

BACHA ISCH NET GSOTTA.

**Dem sei raode Nos
kommt au et von z' enge Schuah.**

*Dr Teufl hängt koi
Glöckle ans Weiglas.*

Der wird au am Schmalzhafa net fett.

(Ein dürrer Mensch.)

Wenn des rauskommt,
was en d' Wurscht neikommt,
kommt dr Metzger wo nei,
won 'r nemme rauskommt.

Wo dr Wei' neilauft, lauft dr Vrstand naus.

Es kommt selta ebbes Bessers noch
em Käswasser.

*Der isch so fett, dass dr Sprit ausganga dät, wenn
de mit em Mofa om en romfahra miaßtescht.*

LENSA, SCHBÄTZLA OND KRAUT
HAND SCHO MANCHA FIGUR VRSAUT.

**I han scho viel Dürre sterba seha,
abr no koi Dicka platza.**

Net bruddlt isch globt gnuag.

*'s isch koanr zom Vielfraß gebora,
aber ma ka oan drzua erzieha.*

's regnet net äll Tag Butter en da Brei.

(Es geht nicht immer gut aus.)

’s oinzig Gmias, wo i mag,
isch ’s Bier.

’s isch ebbes Args, was i Wurscht fressa muaß,
bis meine Kendr von dr Haut satt werdat.

Mr glaubt gar et, was en oin neigoht, wemmr langsam duat ond en anderer zahlt!

*I ka essa ond drenka, was i will –
i han oifach am Schaffa koi Freid!*

I MUASS GAU GAU OND OM A GUCK GUCKA
ZOM BROGGELA BROGGA.

(Ich muss gehen, um eine Tüte zu organisieren,
damit ich Erbsen pflücken kann.)

**Liebr mit Honger ens Bett
als mit Schulda ufstanda.**

(Grundlage schwäbischer Haushaltsphilosophie.)

LIEBER DA BAUCH VRRENKT
ALS EM WIRT WAS GSCHENKT.

’s isch net äll Tag Bachtag.

Hocka ond schlotza isch besser wie standa ond schaffa.

Wenn Kinder fragen, was es zu essen gibt, bekommen sie im Schwabenländle oft folgende Auskünfte:

- ghackte Graotschele em a Suddrkruag ond breaglade Welschkorndabber
- a Gosch voll Glufa
- a Gosch voll Krähaäugla
- Schneckafidela ond Karwensela
- g'füllte Mäus mit Lensa
- ei'gmachte Kellerstaffla mit Rattaschwänz
- en Omhang ema Essigkruag
- an kloina Topf ema graoßa Topf ond drzwischa a Deckele
- Flirewitz ond Frägele
- Bräglte Heileiterea
- a Nixle em a Bixle ond a goldigs Wartaweile

Kendr ond Leut

Komm, mr gangat no Bettahausa
auf da Feadraball!

(So sagt man, wenn ein Kind nicht ins Bett gehen will.)

Ihr miaßat net ibrall drbei sei,
wo dr Deifl sei Hora rausstreckt.

(Zu kleinen Kindern, wenn die Eltern alleine ausgehen.)

Ha so a Häddele, dui muaß jo zwoimol zur Tür reikomma, damit mr se sieht.

(Das ist ein sehr schlankes Mädchen.)

KERLE, WA WITT DENN DU? DU HOSCH JO NO DA HAFARENG OM DA ARSCH!

(Zu einem jungen Kerl, der erstmals ein Mädchen zum Ausgehen abholen will.)

Schwätz, Kerle, oder scheiß Buchstaba!

(Zu einem Jungen, der nicht unmittelbar auf eine Frage antwortet.)

Jessas Gott ond Vaddr,
scheißt des Kend a Blatter.

Heul no a bissle,
no brauchsch et so viel bronza.

AUF DI WARTET MA
WIA A HOND UF A SAUMETZG.

(Zu einem sehnsüchtig erwarteten Boten.)

Gugg oi Mensch mit zwoi Auga dreimol do no, wia dia vier Weiber ihre femf Kender sechsmol en sieba Läda neischickat ond dia acht Vrkäufrinna die nei Bombola en zeah' Babierla eiwicklat.

Etz guck bloß oi Mensch zwoimol do no, wia dia drei Weiber ihre vier Kender fenfmol om da sechseckige Tisch romjagad, bloß wega sieba Pfennig.

**Wenn 's Kend koi Fiedla hot,
no kasch's deswega net uf dr Bauch haua.**

*Mir send Freind,
außer mir seie en dr Not.*

'S STENDLE BRENGT 'S KENDLE.

(Kommt Zeit, kommt Rat.)

Wer zom zwoita Mol heiret, der isch et wert, dass 'm 's airscht Weib gschtorba ischt.

Moina derf mr, aber net moina, ma derf.

Zo de Leut komma
ond bei de Leut sei isch zwoierloi.

Zwoi Weiber send a Kirbe,
drei gebat en Märkt.

(Es lebe der Chauvinismus.)

Mit ma noha Agger
und ra weita Schwiegermuaddr
kommt ma am beschda aus.

Lieba ond leba

Die Liebe ischt a Hemmelsmacht
ond macht da Menscha zoma Daggl.

Der hot au a Bettlad voll.

(Zu einem zierlichen Mann mit einer sehr korpulenten Frau.)

A andere Muadr hot au a schees Kend!

(Nach einer enttäuschten Liebe.)

MIT MA BÖSA WEIB KA MR DA DEIFEL EM
FREIA FELD FANGA.

D' Weiber hend emmer recht, bsonders de mei.

**Dr Ehstand isch a Prozessio,
wo ma 's Kreuz voraustrait.**

*Mei Weib isch schau reacht:
Sie hot a reacht's Milchwerk,
a gebärfreudige Kachel ond an Hendra
wia a Pächtersmischde.*

En de wüschteschte Hecka
hot 's dia scheenschte Neschdr.

Lieba ond leba

Leichter hüeteschǝt a Wanne Flaih
wia heiratsluschtige Jongfra.

HAUPTSACH, MR ISCH XOND
OND D' FRAU HOT ARBET.

A katholisch's Floisch wird ema
evangelischa Kächele au hoiß.

A guade Partie isch wia a g'mähte Wies.

Ihr kennat uf Dauer et leaba
wie dr Vogel em Hanfsama!

(Wir leben schon lange über unsere Verhältnisse,
aber noch weit unter unseren Möglichkeiten.)

Descht a Liabe zwischa deane zwoi
wia beim Dilledab ond seim Weib – ond der
hot se mit dr Ofagabel z' Tod kitzlat.

Scheeheit vrgoht,
aber wiascht bleibt wiascht.

**Scheeheit vrgoht,
aber Sach bleibt Sach.**

Mir hend älles bsonder (getrennt), bloss Händel, den hemmr mitnander.

**Noi, noi, i gang alloi hoim.
Wenn's net glaubscht, gohscht mit.**

A Bock ond a Goiß machat anand hoiß.

I han Glück bei de Fraua, mir gfällt jede.

A Frau macht sich emmr Sorga, bis se an Ma hot. An Ma macht sich koine Sorga, bis er a Frau hot.

Heirat irgendoine, no bischt schau mit koara andra b'schissa.

Hohe Fuierla brennat et lang.

**Koiner hot se wella,
aber i han se glei kriagt.**

Ma muaß en manchen
saura Apfel beißa, eh ma
en siaßa vrd'wischt.

Ama kalta Ofa kasch de net gwärma.

Oft muaß a Hafa aischt heegau,
bevor mr merkt, was mr an em gheet hot.

Dädsch du mi meega,
im Fall dass i di meega dät?

's geit bloß oi Beißzang uff dr Welt,
aber jeder moint, er häb se drhoim.

's isch et jeder a Ma,
wo a Weib hot.

Männer send älle gleich.
Se sehnd bloß onterschiedlich aus,
dass mr se ausanandrhalta ka.

Lieba ond leba

Dia zwoi send a ganze Bettlad voll Leut.

(Ein korpulentes Paar.)

Noch de Flitterwocha kommat Gwitterwocha.

Dia hot a Herzle wia a Maus a Fauscht.

(Flachbrüstige Frau.)

Dui hot derfa au koin Brotloib omasooscht essa.

(Wenn eine Frau gleich nach der Hochzeit schwanger wurde.)

Do hend se schau scheenera Mischt glada.

(Eine wenig ansehnliche Frau.)

’s Lieba ond ’s Senga looht sich et vrzwenga.

Jongfra ond Oier soll ma it z’ lang uffheba.

’s isch no koi Mäusle ondr ma Heuhaufa vrstickt.

(Zu einer zarten Frau mit einem gewichtigen Mann.)

Oh, mei herzigs Anmenahschlupferle ond mein liabs Nemmevomirweggangerle. I mag de so, dass e schier verreck.

(Hormongesteuerte Liebeserklärung.)

Wer nemmt scho gern en Sack Hirschg'weih' en Arm.

(Zu einer sehr dürren, knochigen Frau.)

Wo d' Naot zur Tür reikommt, fliagt d' Liab zim Feaschtr naus.

Wo se den g'macht hend, isch dr Hemmadzipfl drzwischakomma.

(Das ist ein ganz verdruckter Mensch.)

Der sell hot gsait

Der Handwerksmeister zu seinem Lehrbuben: 's Schreiba brengt 's Geld, net 's Schaffa!

Der Vater zu seinem Sohn: Was de vrheiraded hosch, muasch scho ned vrspara.

Der Chef zu seinem Gesellen: Mr sieht dir beim Veschbera au et a, was du beim Schaffa für en Dackl bisch.

»Des hilft für d' Mäus!«, hot dr Bauer gsait, woner sei Haus a' zonda hot.

»I ka au et an jeden Dreck denka«, hot 's Weib gsait, wo se 's Mittagessa vrgessa hot.

»Seit mr da Kruscht weggheiratet hend, laufat bloß no scheene Mädla rom!«, hot dr Ehemann gsait.

»Do hosch dei I-dur-dr-nix«, hot sell Mädle gsait, wo se dem Kerle 's Kend brocht hot!

» Äller A'fang isch schwer! «,
hot seller Spitzbua gsait,
won 'r en Amboss gstohla hot.

»Dr Kasernahof wird om zehne gschbrenzt, ond wenn ’s regnet!«, hot der pflichtbewusste Hauptmann gsait.

»Jetzt komm i dr Sach uf da Grond«, hot dr Baur gsait, woner ens Gülleloch nahghagelt ischt.

»’s Biegla wird ’s scho macha«, hot d’ Schneidere gsait, wo se da Hosalada henda nogmacht hot.

»Döscht gspäßig«, hot seller Bua gsait, »i mag lieber d’ Mädla ond mei Schweschter d’ Bueba!«

»Jetzt goht’s voll gschwind«, hot dr Spatz gsait, wo nen d’ Katz d’ Bodastieag nauf hot.

»Des isch Gschwischtrigskend zur Stroßaboh!«, hot dr sell gsait, wonem d’ Vrwandtschaftsvrhältnis z’ schwierig worda send.

»I ka älles vrputza, bloß et dei Gsicht!«, hot seller Ipsermoischter gsait.

»Deam hon i 's Laufa zoiget!«,
hot dr Jäger gsait, wie n'r de Hase it troffa hot.

»I WILL D' WELT NET VERSTENKA!«, HOT SELLER SCHBATZ GSAIT OND HOT EN BACH GSCHISSA.

»Jetzt gohsch nondr uff d' Gass ond kehrsch da Hof – no isch schnell vrsurrat!«, hot dui Frau gsait, wo se ihr Ma ens Schlofzemmer zoga hot.

»'s isch au so reacht«, hot dr Schuaster gsait, wonr da Stiefel noch em Lehrbuaba gschmissa ond sei Weib troffa hot.

»GSCHEITE LEIT GANGAT HOOR AUS, SAUKÖPF MUASS MR BRIAHA«, HOT SELLER GLATZKOPF GSAIT.

»Beim Faschta schmeckt dr Speck am beschta!«, hot seller Bauer gsait ond sei dick's Weib fescht en Arm gnomma.

Des kascht halta wie der uf em Dach, on der hot sich ghoba, dass 'r net raghaglet ischt.

»D' Dama händ's Vorrecht«, hot der Sautreiber vo Ulm g'sait ond hot d' Sau vorausdrieba.

»Sicher isch sicher«, hot seller Bauer gsait ond sein dauda Hond a'bonda.

»Ma ka au net äwwl ipsa«, hot seller Gipsermoischter gsait, wonr seine 18 Kender em Pfarrer vorgstellt hot.

»Schlag no zua«, hot dr Schmied zu seim Lehrbua gsait, »no wird ma schau seh, ob's a Hacka oder a Schippa geit!«

»Jetzt hudel doch it so«, hot dr sell gsait, »dr Mensch isch doch koi Eilposcht, sonscht wär er gelb a'gstricha!«

»Descht aber gottesglatt!«, hot seller Pfarrer gsait, wonr uff de Kirchastaffla ausgrutscht isch.

»'s Haus vrliert nix«,
hot d' Muadr gsait, wo se 's
Kenderstrempfle aus em
Kraut zoga hot.

Der sell hot gsait

»Nei isch halt andersch wia raus!«,
hot selle Hebamm gsait.

**»Mr muaß ’s Geld von de Leut nemma.
Vo de Bäum schüttla ka ma ’s net«,
hot seller Heiratsschwendler gsait,
wonr vor G’richt g’standa ischt.**

*»Dui Woch fangt guat a«, hot selle Hex gsait,
wo mr se am Meedich vrbrennt hot.*

»ONDRM TISCH ISCH AU EN DR STUAB!«,
HOT SELLER MA GSAIT, WONR VO SEIRA
HÄNDELSÜCHTIGA FRAU GFLÜCHTET ISCH.

*»Wemmr wissa däd, was mr net woiß,
no dät mr meh wissa, wia wemmr net woiß,
was mr net woiß«, hot seller noch
acht Viertela philosophiert.*

Alt ond Jong

Alt ond Jong

Do merkt mr erscht, dass mr alt wird,
wenn d' Kerza mehr koschtat wia
dr ganz Kuacha!

Mei Liaberle, des Mädle hot a Taille!
Wenn du do da Arm romlegsch,
kasch de am oigana Bauchnäbele kratza.

Alt ond grau derfsch werda, aber net frech.

A Muadr ka femf Kendr vrhalta,
aber femf Kendr koi Muadr.

De kläppriche Kärra fahrat am längschta.

De Alte sagt mr net älles,
on de Jonge brauchat net älles wissa.

Wemmr lang lebt, isch 's leicht alt werda.

Der bläzget wia a alde Kuah da Buggel nuff.

Jo, 's Wasser isch au nemme so nass wia frieher!

Dr oine stirbt so leicht, ond dr andere brengt sich schier om drbei.

De Jonge deant, was se bei de Alde sehnt.

Do isch d' Hebamm au nemme schuld.

(Wenn ein sehr alter Mensch stirbt.)

LANG LÄBA WELLAT ÄLLE,
BLOSS ET ALT WERRA.

Mach a Fauscht, wenn de koi Hand hosch!

(Augen zu und durch.)

Mach 's gern, sonscht muasch es o'gern doa.

Mr sott 's Loitsoil net aus dr Hand gäa, solang mr no uf em Waga sitzt.

Schlecht seha dua i emmer besser.

Guad säha duat 'r
schlecht, aber schlecht
heera duat 'r guad.

’s ganz Johr krank
ond an Martini erscht koi Leich’.

(Auf nichts ist Verlass.)

Oms Nomgucka kasch nemme romgucka.

(Alles hat ein Ende.)

Wer en dr Jugend net tobt,
tobt em Alter.

Wer en dr Jugend z’ viel fährt,
muaß em Alter laufa.

Zom Glück isch ’r gstorba.
Er hätt eh nemme lang g’leabt.

Arm ond reich

Jetzt hemmr no a paar schlechte Johr, no send dia guade Zeita vorbei.

AM MAUL OND AN DE KLOIDR KA MA AM MOISCHTA VRSPARA.

A alde Sonndichshos am Werdich hebt nedd so lang wia a alde Werdichshos am Sonndich.

A Abstauber hot selta an saubera Kittel.

Nix isch umsooscht, wemmr drfier zahlt wird.

Schenka ka i dir ’s leider net, sonscht kasch koi Skonto abziaga.

(Bei schwierigen Preisverhandlungen.)

Mir kaufat nix, mir guggat bloß.

NEX HAN ISCH A RUHIG’S LEABA.

Mit kloine Schritt kommt
's Geld ens Haus –
naus macht 's graoße.

Der kommt ibrall romm, wia ’s knitz Geld.

Liabr a Dutzend Neider als oin Mitleidr.

Mit Guatsei büßt mr d’ Sacha ei.

(Tue Gutes mit Bedacht.)

**Der hot au zwoi Händ,
oine zom Nehma ond oine zom Heba.**

LIEBR A REICH’S BÄUERLE ALS EN ARMA BAUER.

*A Geizhals ond a fette Sau
send erscht noch em Tod zu ebbes nutz.*

A HAUSIG’S WEIB ISCH DE BESCHT SPARKASS.

Der spart Pfennig ond lässt d’ Mark vrrecka.

De graischte Lompa send oft dia ehrlichschte Leut.

Arm ond reich

**Dr Hätte ond dr Wette
hend no nia nex ghet,
aber dr Hau, der schau!**

Arm ond reich

De kleine Lompa sperrt ma ei,
vor de graosse lupft ma da Huat!

D' Welt isch vrdreht: Ama schwera Beutel trägsch leicht, ama leera schwer.

Ema Arma blost dr Wend ens Gsicht, kann 'r standa, wien 'r will.

Dia Herra beißat anand net.

(Eine Krähe hackt der anderen kein Auge aus.)

Dr Habich isch mr liebar als dr Hättich.

Wemmr deam an Pfennig en da Arsch klemmt, no goht d' Prägong raus.

(Ein Geizhals.)

Dr Geiz ond dr Bettelsack send boida bodalos.

Viel Ehr macht gern da Beutl leer.

Arm ond reich

Do guckt beim Kuchabacha dr Pfannastiel zur Haustür naus.

(Das ist aber ein kleines Haus.)

Arm ond reich

Was dein ischt, ischt au mein,
ond was mir ghairt, goht di no lang nix a.

De oinzig Steuer, dia älle z' kloi isch,
isch d' Aussteuer!

Mit geizige Leut ischd schlecht wäscha,
dia reut sogar dr Dreck.

WEMMR NO REICH WÄRAT –
ARM WÄR MR SCHNELL WIEDER.

Wenn dr Bettlma uf 's Ross kommt,
reitet 'r 's z' Daod.

Schmiera ond salba hilft ällenthalba. Ond hilft's
net bei de Kärra, no hilft 's bei de Herra.

(Korruption ist das Rückgrat der Gesellschaft – außerhalb des Schwabenlandes, wohlgemerkt.)

Wemmr gebat, gebat mr gern. Aber mir gebat nix.

Nochbr ond Gäscht

Wenn 's sei muaß,
no kommat Se halt rei.

GREIFAT ZUA. WAS UF EM TISCH STOHT,
ISCH SCHO VRSCHMERZT.

Nehmat Se ruhig no a
dritt 's Stickle Kuacha.
Mir zählat net.

BSUACH ISCH WIA FISCH:
WENNR Z' LANG DO ISCH, STENKT 'R.

Des hosch koim Dauda dau.

(Pass bloß auf, das merk ich mir.)

Du kasch me am Arsch lecka,
aber weit drenna, wo 's räs isch.

Bsuach isch scho recht,
solang 'r d' Schuah et ratuat.

Der moint au, seine Läus kenntat Schnupfa kriaga, wenn ’r d’ Kapp raduat.

(So sagt man über einen hochnäsigen Menschen, der nicht grüßt.)

*Wenn dia Dätschmr ausfallat,
sieht mr airscht,
was se dau hend.*

DUI ISCHT AU ET HÄLENGA UF DR WELT.

(Dominante Frau.)

**'s isch besser, mr derf
nemme hoimkomma, als
mr derf nemme fort.**

Hätt mr 's net, no dät mr 's net.

Wenn du Dengr zu meira Dengere
Dengere saischt, no sag i zu deira Dengere
au Dengere.

En andr Leut Küche isch guat kocha.

EMMA DUSCHTIGA
ISCH GUAT EISCHENKA.

Liebr en guada Nochbr
als en weita Freind!

Dr oi isch halt g'münzt für
dr Scheißhafa, ond dr ander
halt fürs Kantabrett.

(Jeder hat seine Fähigkeiten.)

Viel Händ machat bald a End.

Viechereia

Was woiß a Kuah, wann 's Sonndich isch,
me geit ra jo koi frisch Hemmad.

WENN A KALB EN D' FREMDE GOHT,
KOMMT A KUAH HOIM.

Der goht mit dem Sach om
wia d' Sau mit em Strauh.

Wer als Ochs gebora ischt,
stirbt et als Nachtigall.

Wenn 's dr Sau träumt, träumt ra 's vom Trog.

Deam wensch i en Haufa Leis
uff da Kopf ond z' kurze Hend,
dass 'r sich net kratza ka.

WEIBERSTERBA ISCH KOI VRDERBA,
ABER KUAHVRRECKA, DESCH'T A SCHRECKA.

(Schwäbisch-bäuerliche Prioritätenliste.)

Jetzt isch d' Katz da Boom nuff.

(Es ist vorbei.)

Z' erscht muaß ma an Stall hau,
eh mr a Kuah kauft.

Reiß ra Krott a Hoor raus.
(Wo nix ist, kann man nichts holen.)

A REACHTE SAU KENNT MA AM RIASSL.

Wer sich om d' Sau a'nemmt,
der muaß se hiata.

A Katz mit Händschich
fängt koine Mäus.

WER SICH ONDR D' KLEIE MISCHT,
DEN FRESSAT D' SÄU.

Sau ond Dreck kennat anand.

An dir han i Freid,
wia a Hond ama Wefzganescht.

Wer sich mit Honig a'schmiert, den fressat d' Fliega.

Besser a Kälble em Frieda
wia a Kuah em Streit.

’s Glück isch a Rendviech
ond sucht seinesgleicha.

Dui dürra Goiß nemmscht fei et,
dui muasch z’ viel fuadra.

(Elterlicher Rat zur Brautschau.)

Koi Gockel hot’s gern,
wenn Fremde uf am Mischt scherrat.

(Jeder soll sich um seine eigenen Dinge kümmern.)

Wer schafft wia a Ochs, wuhlt wia a Wildsau,
fleißig isch wia d’ Imma (Bienen), ackret
wia a Gaul ond geduldig wia a Esel,
der kennt a Kamel sei.

Du hangschd do
wia a Schbatz uf am Scheißheisle.

(Du machst keine sehr gute Figur.)

Wemmr a Sau sattlet, wird no lang koi Rennpferd draus.

Au schwarze Kiah gant weiße Miil.

Ama Müller sait mr 's zwoimol, ama Esel dreimol.

An dr Kopfarbeit isch scho
mancher Ochs z' Grond ganga.

De Reiche ihre Mädla ond de Arme
ihre Kälbla kommat ällaweil an da Mo.

Der fährt drenei wia a Gaas uf en Äpfelbutza.

Dem hot d' Katz ens Feuerzeug bronzt.

Dia Goiß, dia am moischta meckert,
geit am wenigschta Milch.

Dr beschta Katz kommt amol a Maus naus.

Dr Ochs geit koi Milch.

Ama baisa Hond geit mr
gern zwoi Stückla Brot.

Em Dreck isch no koi Sau omkomma.

Du siehsch aus wia a vrmähte Krott.

(Dein Anblick wirkt etwas indisponiert.)

Es isch no koi Gaas em Wasser vrsoffa.

Grad recht, dass d' Goiß vrreckt ischt,
's Heu ischt so teuer!

(Positives Denken auf Schwäbisch.)

Groß ond faul geit au en Gaul.
Klei ond dick geit au a Stück.

Auf da Gaul, wo zieht, haut mr nei.

(Wer die Arbeit macht, bekommt auch noch die Kritik.)

Mit Gwalt reißt mr dr Kuah da Schwanz aus.

Wenn d' Kuah koin Schwanz meh hot, merkt
se erscht, für was 'r guat war.

I ka doch et noch älle Mugga schla!

(Ich kann mich nicht um alles kümmern.)